Roderich Stintzing

Macht und Recht

Antigonos

Roderich Stintzing

Macht und Recht

Unveränderter Nachdruck der Originalausgabe von 1876.

1. Auflage 2024 | ISBN: 978-3-38631-983-6

Antigonos Verlag ist ein Imprint der Outlook Verlagsgesellschaft mbH.

Verlag: Outlook Verlag GmbH, Zeilweg 44, 60439 Frankfurt, Deutschland, info@outlook-verlag.de
Vertretungsberechtigt: E. Roepke, Zeilweg 44, 60439 Frankfurt, Deutschland
Druck: Libri Plureos GmbH, Friedensallee 273, 22763 Hamburg, Deutschland

Macht und Recht.

Rede

zur Feier des Geburtstages

Sr. Majestät des Kaisers und Königs

gehalten

in der Aula der Universität Bonn

von

Dr. R. v. Stintzing

Geheimer Justiz-Rath und o. Professor
Ordinarius des Spruchcollegiums der Juristenfacultät
d. Z. Rector.

Bonn
bei Adolph Marcus.
1876.

Eine beglückende Pflicht ist es, welche mich heute beruft
zu Ihnen zu reden, um Zeugniß zu geben von der Festes=
freude, mit der wir, voll innigen Danks und herzlicher
Wünsche, den Tag begrüßen, an dem unseres geliebten Kai=
sers Majestät das 80. Jahr seines gesegneten und ruhm=
reichen Lebens beginnt. Ein freudiger Ton der Verehrung,
des Danks und der Liebe geht heute durch das deutsche
Land, und weihevoll klingt hinein die Erinnerung an die
verklärte königliche Mutter, deren Gedächtniß wir jüngst
festlich erneuerten. Das Bild der hochseligen Königin Luise,
voll unbeschreiblicher Anmuth, Reinheit und Hoheit, lebt
fort in der Seele des preußischen und deutschen Volks, als
ein unvergänglicher Schatz, trostreich ermuthigend in Noth
und Gefahr, im Glücke veredelnd und Tage der Freude,
wie den heutigen, mit mildem Lichte verklärend. Ihr danken
wir es heute, daß Sie den erhabenen Sohn uns gab, den
Gott würdigte Deutschlands Kaiserkrone zu erneuern. Als
Ihren Segen empfinden wir es, daß in unserm Kaiser die
Hoheit der Gesinnung Eins ist mit der Hoheit seiner welt=
geschichtlichen Stellung; daß sich in Ihm die erhabene Weis=
heit des Herrschers mit edelster Mannestugend zu fürst=
licher Größe verbindet. Was einst in den Tagen schwerster
Trübsal die königliche Mutter für Ihr Volk im Gebet er=
flehte und als hohe Aufgabe in das jugendliche Herz der
Söhne senkte, ist herrlicher und über alles Hoffen erfüllt.

Und höher schlägt heute das Herz des deutschen Volks im Anschauen der Macht, deren Glanz seinen Kaiser umgiebt. Deutschland empfindet sie als ein lang' ersehntes, ihm erworbenes, schwer errungenes Gut. Aber weit über des Reiches Grenzen hinaus sendet sie ihre Strahlen, und fesselt, sei es in freundlicher Gesinnung, sei es in Neid oder grundloser Furcht, den Blick der fremden Nationen.

So darf ich es denn wohl ein des Tages würdiges Thema nennen, wenn ich von der Macht zu Ihnen reden will.

Wunderbar ist der Zauber, den die Macht, wo sie erscheint, auf das menschliche Gemüth ausübt, weit hinausgehend über das Gebiet, in welchem sie sich unmittelbar bethätigt. Er ist es, der uns zu bedeutenden Menschen geheimnißvoll hinzieht, selbst wenn ihr Wirken uns nicht unmittelbar berührt. Den großen geschichtlichen Persönlichkeiten ebnet er die Bahnen, und legt in die gewonnenen Siege den Keim zu neuen Erfolgen. Worte der Macht sind es, mit denen wir das Gute und Schöne preisen; und ist es nicht derselbe Zauber, der uns im Anblick gewaltiger Naturerscheinungen fesselt?

Allein gerade hier mischt sich in das freudige Staunen störend ein fremdes Gefühl, wenn sie den uns gewohnten Erfahrungskreis überschreiten. Die Vorstellung des Regellosen drängt sich uns auf, und selbst da, wo wir vor Gefahr uns sicher wissen, beschleicht uns ein Grauen, weil wir die Kraft entfesselt sehen oder zu sehen glauben.

Denn tief in unserer Seele liegt das Bedürfniß, liegt die Forderung, daß eine Ordnung, ein Gesetz bestehe, dem jede Kraft sich füge. In diesem Verlangen unserer sittlichen Natur wurzelt der Gottesglaube mit seinen letzten psycho-

logischen Gründen, und wohl mögen wir dies in unser Herz
gesenkte Bedürfniß eine Offenbarung seines Daseins nennen.
Auch möchte ich es nicht bloß den Wissenstrieb heißen, der
uns den Erscheinungen gegenüber drängt nach ihren Gründen
zu forschen. Ein tieferes Bedürfniß unseres sittlichen Wesens
will sich Ruhe schaffen, indem es die Gesetze erfragt und
erlauscht, nach denen die Kräfte sich bewegen. Denn im
Widerspruch mit ihm steht die Kraft, welche von der Ord=
nung gelöst ist.

Und wie der in ihm liegende Ordnungstrieb den Men=
schen nach den Gesetzen fragen lehrt auf den Gebieten,
die seinem Willen entrückt sind, so läßt er ihn auf denen,
die durch seinen Willen bestimmt werden, die Ordnung
schaffen. In seiner Richtung auf das menschliche Gemein=
leben erscheint es als Rechtstrieb und Rechtsgefühl: denn
das Recht ist nichts Anderes als die Ordnung, welche jenes
zwingend beherrscht. Daß ein Recht da sei, daß die mensch=
lichen Handlungen sich ihm fügen, ist die niemals schwei=
gende Forderung unserer sittlichen Natur. Und wie der
Anblick regellos waltender Kräfte uns Grauen erregt, so
entsetzt uns schon der Gedanke, daß „Macht vor Recht
gehe", sei es, daß dieser Satz ausgesprochen werde als
traurige Erfahrung der Geschichte und des Einzellebens,
sei es gar, daß er hingestellt werde als Maxime des
Handelns.

So würden wir denn zu dem Schlusse gelangen, daß
nur die Macht vor unserm sittlichen Urtheil bestehen kann,
die dem Gesetze sich fügt; daß unser Rechtsgefühl nur da
Befriedigung findet, wo es das Gesetz als Herrn, die Macht
als Dienerin erkennt.

Und doch ist wohl die Frage erlaubt, ob denn mit

diesen Sätzen das Verhältniß der Macht zum Rechte er=
schöpfend bestimmt sei?

Gestatten Sie mir diese Frage eingehender zu erörtern
und zwar so, daß ich zunächst bei der Beobachtung that=
sächlicher Erscheinungen verweile, dann eine Lösung der
Probleme versuche, ohne den Anspruch, die letzte, erschöpfende
Antwort gefunden zu haben.

Gehen wir aus von dem Einzelnen und seinen Bezie=
hungen zu den äußeren Gütern, so tritt uns als ein ele=
mentares Phänomen der Besitz entgegen. Mit Zuversicht
pflegt das Rechtsgefühl den Ausspruch zu thun, daß die
Gewalt, mit der ich mich einer Sache bemächtige, mir eine
Befugniß nicht geben könne. Und doch urtheilen die Rö=
mischen Juristen ganz anders, indem sie sagen: „jeder Be=
sitzer hat deswegen, weil er besitzt, mehr Recht als derje=
nige, welcher nicht besitzt". Unter Besitz aber verstehen sie
mit uns heutigen Juristen nichts Anderes, als die mit Ab=
sicht ausgeübte thatsächliche Herrschaft über eine Sache.
Und diese Herrschaft wird, ohne nach ihrem Rechtsgrunde
zu fragen, vom Gerichte geschützt. Die Macht also giebt
Recht: es ist das Recht des Besitzes, dessen Anerkennung
keine höher entwickelte Rechtsordnung entbehren kann, und
wäre es auch nur aus dem einfach praktischen Grunde, daß
wir unseres Eigenthumsrechts nicht froh werden könnten,
wenn wir gegen den frivolen Störenfried erst dann Schutz
fänden, nachdem wir ihm den Beweis unserer Berechtigung
geführt hätten.

Allerdings muß der Besitzer weichen und die Sache
herausgeben, wenn ihm nachgewiesen wird, daß er ohne
Recht sich ihrer bemächtigt hat. Allein wie dann, wenn die
Sache Niemand gehörte? Dem Jagdberechtigten gehört nicht

das Wild, das in seinem Reviere lagert und baut. Wenn er es in Ausübung seines Jagdrechts über die Gränze jagt, so muß er geschehen lassen, daß sein Nachbar es vor seinen Augen erlegt und als gute Beute davon trägt. Der Besitz, die Macht, giebt hier ein unanfechtbares Recht. Und dieser Rechtserwerb durch Bemächtigung ist offenbar der älteste von allen, hergeleitet aus der Bestimmung der Dinge, dem Bedürfniß der Menschen zu dienen. Allein aus dieser Bestimmung folgt doch zunächst nur, daß es der Ordnung der Natur entspricht, wenn der Mensch sich die Gegenstände zu seinem Dienst unterwirft. Das Juristische aber ist das Zweite, daß jeder Andere meine Macht, die ich willkührlich geschaffen habe, gelten lassen muß und durch sie von seiner Befugniß zur Aneignung ausgeschlossen ist.

Ohne Zweifel muß ich die Sache herausgeben, wenn sie einem Anderen gehört und das Gericht wird mich dazu zwingen. Allein, gesetzt es kommt jahrelang nicht zum Streite. Unangefochten besitze, bewohne und bebaue ich das Grundstück, das ich in gutem Glauben erworben habe — und nach langer Zeit tritt ein Anderer auf mit dem Beweise, daß er und nicht derjenige, von welchem ich es durch Kauf oder Erbgang überkommen habe, der Eigenthümer gewesen sei. Unrechtmäßig war also mein Besitz von Anfang an: und dennoch brauche ich nicht zu weichen, denn aus dem Besitze in gutem Glauben ist durch seine unangefochtene Dauer Eigenthum geworden, meine Macht hat sich in Recht verwandelt, sie hat ein Recht erzeugt.

In all' diesen Fällen geht die Eigenmacht dem Rechte nicht nur voraus, giebt nicht nur einen Vorzug, sondern ist geradezu der Grund des Rechts. Aber freilich, wird man sagen, das Alles geschieht doch nach den Regeln des

Rechts, nach dem Gesetze. Allerdings handelt es sich hier nur um Befugnisse des Einzelnen, um das, was wir das Recht im subjectiven Sinne nennen. Allein die Wahrnehmung, daß das Gesetz sich der Bedeutung der Macht so wenig verschließt, daß es sogar diese zur Befugniß werden läßt, weist sie uns nicht auf einen tieferen Zug hin, der durch das ganze Rechtsleben der bürgerlichen Gesellschaft hindurch geht?

Suchen wir ihm auch in dem Werden des Rechts im objectiven Sinne, des Gesetzes, nachzuspüren.

Da scheint es nun, daß wir von vornherein der Macht jede Bedeutung für die Entstehung des Rechts absprechen müssen, wenn wir den tiefsinnigen Lehren der historischen Schule folgen. Denn nach ihr ist es der still schaffende Geist des Volks, welcher naturwüchsig das Recht erzeugt. Es liegt im Volke ein Trieb zur Bildung seines Rechts, der ähnlich waltet, wie der Trieb zur Production der Kunst und Sprache. Mit einer Summe spontan erzeugter Rechtssätze tritt jedes Volk in die Geschichte ein, ein Schatz, eine Mitgabe für sein Culturleben, deren Ursprung sich der Beobachtung ebenso entzieht, wie die ersten Anfänge der Sprache und Kunstfertigkeit. Harmonisch mit der Entwicklung des gesammten Culturlebens sehen wir dann auch das Recht sich umgestalten, sich reicher entfalten: denn auf allen Gebieten waltet die eine zeugende, treibende, gestaltende Kraft der Volksseele.

Das Wahre und Bleibende an dieser Lehre ist, daß sie uns das Recht als ein organisches Glied des Volkslebens, seine Geschichte als einen Zweig der Culturgeschichte begreifen läßt, und damit seinen Stoff über die zufälligen und willführlichen Erscheinungen hinaushebt.

Allein geht denn die Bildung des Rechts wirklich in so friedlicher Weise von Statten, wie man nach der gegebenen Schilderung glauben möchte? Gilt nicht auch auf diesem Gebiete, daß dem Werdenden stets das Seiende hindernd oder gar feindlich entgegensteht, daß Alles was wird, seinen Platz erkämpfen muß gegen Das was war und ist?

Und dann noch Eins. Wenn auch das geschichtliche Werden des Rechts der Entwicklung von Kunst und Sprache zu vergleichen ist, so bleibt dabei doch ein Moment unerklärt, welches das Recht von allen übrigen Culturelementen wesentlich unterscheidet: es ist dieses, daß das Recht den Einzelnen in seinen gesammten Lebensverhältnissen ohne Wahl zwingend umgiebt, daß es ihn beherrscht. Rechtsansichten, Meinungen, Ueberzeugungen von Dem was zu geschehen habe und zweckmäßig oder nothwendig sei für das Nebeneinandersein der Menschen, mögen wohl auf so unscheinbar friedliche Weise instinctiv aus dem Volksgeiste in den verschiedenen Lebenskreisen erwachsen wie der Philosoph sie denkend construirt: damit sie aber zum wirklich geltenden Rechte werden, müssen sie die Kraft erlangen den Einzelnen zu zwingen. Ein Satz, der nicht gegen den Willen der Widerstrebenden in der Wirklichkeit durchgeführt werden kann, mag gut und wahr sein: ein Rechtssatz ist er nicht. So finden wir also für den Begriff des Rechts als nothwendiges Element die zwingende Kraft; wir fordern, daß die Macht sich mit ihm verbinde, dann erst können wir von dem Dasein eines geltenden Rechtssatzes reden.

Die Macht ist demnach ein Element des Rechts. Wodurch aber gewinnt ein Satz diese zwingende Gewalt, die ihn zum Rechtssatze erhebt?

Leicht ist die Antwort gegeben in unseren heutigen

Staatsverhältnissen. Wir sagen: einfach dadurch, daß die Norm als Gesetz publizirt wird. Denn der Act der Verkündigung hat nicht bloß die Bedeutung, welche zunächst im Worte liegt, die allgemeine Kenntniß des Satzes herbeizuführen, welche ja oft schon vorher durch unsere Zeitungen genügend vermittelt ist; sondern seine wesentliche Bedeutung ist die Erklärung, daß der Staat seinen starken Arm zur Durchführung leihen wolle und werde. In der Publication wird die Vermählung der Norm mit der Macht vollzogen.

Indeß wir Alle wissen, daß es ein Recht giebt, welches ohne als Gesetz verkündet zu sein, dennoch gehandhabt wird. Wir nennen es das ungeschriebene oder Gewohnheits-Recht, das, wenn es auch heutigen Tages neben unserer gewaltig arbeitenden Gesetzgebung nur ein bescheidenes Dasein fristet, zu andern Zeiten den Rechtszustand ganz wesentlich bestimmte. Und auf solchen Zeiten ruht mit Vorliebe der Blick der historischen Schule: denn im Gewohnheitsrechte offenbart sich ihr unverhüllt die unmittelbare Rechtsproduction des Volks. Es besteht aus Sätzen, die in der Ueberzeugung des Volkes leben und ohne vom Staate gesetzt zu sein, geübt werden.

Hier scheint nun das Moment der Macht ganz zu fehlen: freiwillig, ohne Befehl und Zwang wird die ungeschriebene Norm befolgt.

Allein vollzieht sich denn wirklich die Bildung und Handhabung des ungeschriebenen Rechts in so friedfertiger, spontaner und harmonischer Weise?

Erinnern wir uns zunächst daran, daß die Meinungen im Volke über Das was nothwendig sei und daher Recht sein solle, schwerlich mehr übereinstimmen werden, als über andere Fragen, sobald dieselben aus dem Gebiete der höchsten

Prinzipien heraustreten, und in concreter, praktischer Gestalt die Collision der Interessen, wie der Stimmungen provoziren. Was wir die öffentliche Meinung nennen, das ist doch höchstens die Meinung der Mehrzahl, ja oft nicht einmal dies, sondern die Meinung Derjenigen, welche es vermögen sich lauter als Andere öffentlich vernehmen zu lassen. So ist es auch mit den Rechtsüberzeugungen, die wir doch nur in dem Sinne herrschende nennen können, daß die Mehrzahl sie theilt, oder auch nur die Klasse Derjenigen, welchen der überwiegende Einfluß zur Seite steht. Und wenn es nun nicht Alle sind, die einer Ansicht beipflichten, wodurch wird denn ihr Inhalt, die Norm, zum Rechte anders als dadurch, daß der mächtige Theil den unmächtigen überwindet? Mit Vorliebe betrachtet man das Mittelalter als die goldene Zeit des Gewohnheits-Rechts, der unmittelbaren Rechtsproduction. Glaubt man denn aber, daß die Rechts-Ungleichheit, welche die gesammten sozialen Zustände durchdrang, daß Herrenrecht und Hörigkeit durch die Ueberzeugung der großen Masse, die wir Volk nennen, in friedlicher Harmonie damals zum Rechte geworden sei? Ehrlich genug klingt aus jener Zeit herüber das Wort des Sachsenspiegels (3, 42, 6):

Na rechter warheit so hevet egenscap begin von gedvange unde von vengnisse unde von unrechter walt, die man von aldere in unrechte wonheit getogen hevet, unde nu vore recht hebben wel.

Auch mit dem ungeschriebenen Recht ist es also nicht anders, als daß die Frage, ob eine Rechtsansicht wirkliches Recht sei, sich dadurch entscheidet, daß ihr die zwingende Kraft zur Seite tritt. Im Hintergrunde steht daher auch hier die Frage der Macht: und von den widerstreitenden Meinungen wird diejenige zum ungeschriebenen Rechte wer=

ben, der die Genossenschaft oder das Gericht, von ihr erfüllt, seine Hülfe verheißt und gewährt.

Wir kommen demnach auf den Satz zurück, daß die Macht ein Element des Rechts ist: und wenn wir auch nicht bestreiten, daß das Recht als Idee wohl ohne jenes mehr exoterische Element gedacht werden könne, so verwirklicht sich dieselbe doch nur in der Gestalt concret zwingender Sätze. Immerhin aber ist der ihr entsprungene Rechtsgedanke das Prius, die zwingende Kraft das Posterius, und dies Ver= hältniß der Folge scheint sich auch in der Wirklichkeit sichtbar wiederholen zu müssen. Die Gesetzgebung beschließt eine Norm und giebt ihr dann durch Publication die zwingende Kraft; der Staat läßt seinen Schutz durch die Gerichte nur zur Durchführung der vorher von ihm anerkannten binden= den Normen eintreten.

Dies scheint uns das normale, ja nothwendige Ver= hältniß zu sein. Und dennoch zeigt uns die Geschichte in mannigfaltigen Erscheinungen den umgekehrten Gang in der Genesis des Rechts. Wir beobachten, daß Sätze die bisher nicht Recht waren zum Rechte werden, nicht nur ohne vor= her vom Staate gesetzt, sondern auch ohne vorher vom Volke geübt, ja nur ausgedacht zu sein, nur durch die Macht, die ihre Geltung erzwingt.

So geschah es in der ergiebigsten Periode der Ent= wicklung des Römischen Rechts, welche durch das prätorische Edict getragen wurde. Nicht kommt dem Prätor gesetzgebende Gewalt zu; sie ruht in der Hand des populus Romanus. Nur die Leitung des gerichtlichen Verfahrens ist ihm an= vertraut. Allein er übt seine Functionen mit einer uns befremdenden Selbstständigkeit; verantwortlich zwar, aber in solchem Grade unabhängig, daß er nach seinem Ermessen gerichtlichen Schutz gewähren und verweigern kann. Es liegt in seiner Macht den Richter bindend zu instruiren und so Ansprüchen, die das Gesetz nicht gelten läßt, Schutz zu gewähren, und ihn zu versagen, obgleich das Gesetz den An= spruch zugesteht. Ein Anspruch aber, für den ich des Schutzes im Gerichte sicher bin, was ist er anders als ein Recht? — und umgekehrt: ein mir vom Gesetze zugestandener Anspruch, für den ich im Gerichte keinen Schutz zu erwarten habe, ist er wohl mehr, als der Schatten eines Rechts? Wenn der Prätor dem nach altem Gesetze erbberechtigten Agnaten das Vermögen des Erblassers verweigert, um dem Sohne, der sein gesetzliches Erbrecht durch Entlassung aus der väter= lichen Gewalt verloren hat, das Erbgut zuzuweisen, und dem Richter bindend befiehlt, diesen in allen Stücken wie einen Erben zu behandeln — wer steht dann in Wirklichkeit als der Berechtigte da? Zwar kann der Prätor nicht das Gesetz aufheben, nicht erklären, daß der emanzipirte Sohn gesetzlicher Erbe sei, noch ihn dazu machen: aber er kann ihn schützen und schützt ihn in der That so, als wenn er Erbe wäre. Und wie in diesem Beispiele, so treten sich in anderen wichtigen Lebensverhältnissen gegenüber Befugnisse, welche nach dem Gesetze, ipso jure, und solche welche durch die Macht des Prätors, tuitione Praetoris, bestehen.

Nicht zwar ist dies Verfahren des Prätors als ein durch Laune bestimmtes, regelloses zu denken: allein er selbst ist es doch nur, welcher sich die Regel giebt in seinem Edicte, das er bei Beginn seines Amtsjahrs publizirt. Hierin den bewährten Grundsätzen seiner Vorgänger sich anschließend, aber auch, in engster Fühlung mit den wechselnden Bedürf= nissen und Anschauungen des Lebens, ändernd und ergänzend, überliefert ein Prätor dem andern von Jahr zu Jahr die lebendige Praxis: und durch die Tradition der Jahrhunderte bildet sich in stetiger Entwicklung ein System prätorischer Regeln, das an innerer Fülle und geschichtlicher Bedeutung die gesetzlichen Normen weit überragt. Daß diese Regeln, obgleich sie der Form nach nur den Schutz durch die Jurisdiction des Prätors verheißen, der Sache nach Rechte gewähren und Rechtssätze sind, konnte am wenigsten dem praktischen Sinne der Römer unbewußt bleiben: sie stellen daher das prätorische Recht, jus honorarium, als ebenbürtige Masse neben das gesetzliche, jus civile.

Das Befremdende aber an dieser Entwicklung ist für uns dieses: daß wir die Macht des Prätors in Gegensatz treten sehen zum Gesetz und daß wir die Genesis eines Rechts beobachten, die mit dem gerichtlichen Schutze beginnt, also von der Macht ihren Anfang nimmt, und von dieser dann ins Leben eingeführt wird.

Ist nun aber diese Erscheinung wirklich eine solche, für die unser deutsches Rechtsleben gar keine Analogie darbietet — oder gehört sie zu denen, welche einen allgemein gültigen Gedanken nur in einer fremdartigen Form offenbaren?

Zu allen Zeiten besteht ein Unterschied zwischen dem Rechte, wie es im Gesetz geschrieben ist, und wie es in der gerichtlichen Praxis geübt wird. Noch niemals ist es einer Gesetzgebung gelungen, diesen Unterschied auszutilgen oder zu verhüten, weil er in der Natur der Dinge liegt. Denn da es die Aufgabe des Richters ist, das Gesetz, um es zu begreifen, auszulegen, so tritt mit Nothwendigkeit die Individualität des Richters in die Mitte zwischen das Gesetz und den concreten Rechtsfall. Recht ist, was der Richter für Recht erkennt, und treffend nennt daher unsere Sprache das richterliche Urtheil ein Erkenntniß. Ist nun auch davon auszugehen, daß der Richter das Gesetz richtig verstehe, so spielen doch hier nicht nur die Urtheils- und Denkfehler, die irrigen Voraussetzungen, dieselbe Rolle, wie auf andern Gebieten, sondern es steht ja auch der gesammte Richterstand unter dem Einflusse seines Bildungsganges und der geistigen Potenzen, welche seine Zeit erfüllen; sie sind es, welche, ihm vielleicht unbewußt, sein Urtheil formen und oft unbemerkt in das Gesetz einen Sinn hineintragen, an welchen der Urheber vielleicht gar nicht gedacht hat.

Noch stärker aber tritt die Subjectivität des Richters da hervor, wo das geschriebene Gesetz unzweifelhaft Mängel und Lücken zeigt. Er darf sich in solchem Falle nicht mit einem Non liquet! der Entscheidung entziehen, sondern hat die Aufgabe, den anwendbaren Rechtssatz zu construiren aus den Prinzipien, die das geltende Recht durchdringen, nach Analogie zu urtheilen.

So bilden sich denn Normen in der Rechtssprechung und durch sie; wir nennen sie das Recht der Praxis: und wenn sie auch mit theoretisch construirten Sätzen darin verwandt sind, daß beide durch wissenschaftliche Operation gefunden werden, so unterscheiden sie sich von jenen doch gerade dadurch, daß sie eben geltendes Recht sind, weil die Macht des Richters mit ihnen verbunden ist, von der sie ihren Ursprung nehmen.

Uebertragen wir nun die Aufgabe der Rechtssprechung auf eine Zeit, in welcher die Lücken und Mängel der Gesetzgebung nicht, wie wir es eben annahmen, die Ausnahme bilden, sondern typisch sind, auf eine Zeit dürftigster Gesetzgebung: so steigert sich vor unserm Blick die richterliche Thätigkeit zur ausgiebigsten Rechtsproduction.

Nur in einem langen Leben pflegt bei einem Volke der

Reichthum der Erfahrung und die Kraft der juristischen Ab=
straction zu reifen, welche es zugleich drängen und befähigen
zu dem Versuche, seine Lebensverhältnisse in umfassender
Weise durch geschriebene Gesetze zu normiren. Die Zeit der
Jugend ist auch für die Völker die Periode der Ungebunden=
heit, in der sich das Leben nicht nach voraus erwogenen
Grundsätzen, sondern nach dem Triebe des Augenblickes be=
stimmt. Ihr entspricht es, daß bei unsern Vorältern die
zum Gericht versammelten Volksgenossen, daß später die
Schöffen das Recht finden in dem Augenblicke, wo es gilt
Friede zu schaffen und einen Streit zu schlichten. Der
Schöffe des Mittelalters spricht das Urtheil aus, welches
er in seiner, durch geschriebenes Gesetz nicht gebundenen
Ueberzeugung findet; sei es, daß er diese aus den An=
schauungen, Gewohnheiten und Bedürfnissen des ihn um=
gebenden Lebens schöpft, sei es, daß er sie durch die Lehre
erfahrener Männer gewinnt, die sie ihm in der Gegenwart
ertheilen oder in ehrwürdigen Rechtsaufzeichnungen über=
liefert haben. Die Norm, welche durch das Schöffenurtheil
zur Geltung kommt, ist, wenn auch ihre Quelle nur sub=
jectives Meinen sein sollte, eben deswegen weil sie zur zwingen=
den Geltung gelangt, positives Recht für den einzelnen Fall.
Ob sie es auch in andern Fällen sein wird, das hängt von
der Gleichheit der Ueberzeugung der anderen Schöffen ab.
Allein soweit unter den Volks= und Standesgenossen ein
gleichartiger Rechtstrieb waltete, mußte sich in dieser Rechts=
pflege eine gewisse Continuität und Uebereinstimmung der
Rechtsbildung herausstellen, ähnlich wie es in staatsrechtlich
geordneter Form durch das prätorische Edict geschah.

Die Vergleichung des deutschen Schöffenrechts mit dem
römischen jus honorarium führt uns jedoch sofort auf einen

Umstand, welcher jenes zu seinem Nachtheil wesentlich von diesem unterscheidet.

Die rechtsbildende Thätigkeit der Prätur ist nicht nur eine staatsrechtlich geordnete und stätige, sondern zugleich eine einheitlich-centralisirte. Die judizielle Centralmacht des Reiches. ist es, von welcher hier die Rechtsbildung ausgeht; diese schreitet darum in Rom einheitlich fort, während sie sich in Deutsch-land, gleich den judiziellen Gewalten, in die bunteste Mannig-faltigkeit zersplittert; und zwar in solchem Maaße, daß wir am Ausgange des Mittelalters von einem deutschen Rechte nur als einer buntscheckigen Masse, die nur gewisse durchgehende allgemeine Züge der innern Verwandtschaft zeigt, reden können. Es fehlte im deutschen Reiche die Macht, welche die Rechts-bildung zusammenfassen konnte, sei es, daß solcher Centrali-sation der deutsche Genius widerstrebte, sei es, daß es nur dem Kaiserthum an dem Willen oder der Kraft gebrach.

Und doch ist das Kaiserthum in Deutschland mächtig genug gewesen, um der bedeutsamsten Umgestaltung des Rechts-zustandes zur Grundlage zu dienen; freilich mehr durch seine ideale, als durch seine reale Bethätigung. Das Recht, welches sich seit dem 15. Jahrhundert mit dem Anspruche allgemeiner Gültigkeit im deutschen Reiche über die bunten Particulari-täten unter dem Namen des gemeinen Rechts lagert, gründet diesen Anspruch darauf, daß es kaiserliches Recht ist. Denn sein wichtigster Bestandtheil, das Corpus juris civilis, ist ein vom Kaiser Justinian publizirtes Gesetzbuch, welches wegen der angenommenen Continuität des Römischen Kaiserthums auch im Römischen Reiche deutscher Nation Gültigkeit haben muß.

Allein diese Vorstellung bestand seit Jahrhunderten; wie kam es denn, daß erst seit dem 15. Jahrhundert Justinians

Gesetzbuch gemeines Recht bei uns wurde? Keine der beiden Formen, in denen nach den herkömmlichen Regeln unserer allgemeinen Rechtstheorie ein positives Recht entsteht, Gesetz und Gewohnheit, finden sich hier. Denn niemals ist das Corpus juris als deutsches Reichsgesetz publizirt worden. Und wenn wir unter dem Gewohnheitsrechte eine unmittelbar geübte Volksüberzeugung verstehen, so ist wohl Nichts gewisser, als daß die im Corpus juris enthaltenen Satzungen nicht im deutschen Volke lebten, daß es dieselben nicht einmal kannte und wo sie ihm bekannt wurden, sich nicht selten im Gegensatz fühlte.

Nur das läßt sich sagen, daß die Vorstellung von der Autorität des Römischen Rechts seit Jahrhunderten verbreitet war, aber freilich ohne daß der Schöffe sich dadurch in seinem Urtheil irgendwie gebunden fühlte.

Ich will nicht die tiefer liegenden, so oft erörterten, geschichtlichen Gründe und Ursachen der Reception des Römischen Rechts aufs Neue besprechen. Sie alle aber constituiren die eine entscheidende Thatsache, daß seit dem 15. Jahrhundert die Macht sich bildete, welche die in thesi längst verehrte Rechtsweisheit der Römer zu einem geltenden gemeinen Recht erhob. Es ist der gelehrte Juristenstand, dem, unterstützt von der sich stärkenden Fürstenmacht, die richterliche Gewalt zufiel. Weil und soweit dieser das Römische Recht im Gerichte durchsetzte, deswegen und soweit ward es geltendes Recht; und somit wiederholt sich hier die Erscheinung, daß die Genesis einer Rechtsbildung von der Macht ihren Ausgang nimmt.

Nicht will ich untersuchen, wie es denn kam, daß der Juristenstand zu diesem Einfluß gelangte. Tief in unserer sozialen und politischen Entwicklung begründete Ursachen sind es, die hier sich wechselseitig bedingend, zusammenwirkten. Aber ich möchte Ihre Aufmerksamkeit darauf hinlenken, wie die hier behauptete Genesis des gemeinen Rechts auf seine Gestalt und seine ferneren Schicksale bestimmend eingewirkt hat.

Der Vorgang, um den es sich hier handelt, unterscheidet sich von den vorhin betrachteten dadurch, daß in der Entwicklung des jus honorarium und des Schöffenrechts neue Rechtssätze erzeugt wurden, hier dagegen ein seinem Inhalte nach fertiges, vollendetes, vor Jahrhunderten abgeschlossenes fremdes Recht aufgenommen wurde; das Neue lag nicht in seinem Inhalt, sondern in seiner Geltung für Deutschland. Wenn bisher der Schöffe Das für Recht erklärt hatte, was er in seiner Ueberzeugung fand, so war nun der gelehrte Richter an das geschriebene Wort gebunden, dem er seine Ueberzeugung unterzuordnen hatte. Und in der That diente dem gemeinen Rechte zur Empfehlung, daß man durch seine Geltung von dem jus incertum, dem ungewissen schwankenden Meinen der Schöffen, zu einem jus certum, festem Rechte, zu gelangen hoffte.

Allein so schlagend der Gegensatz scheint, er zerrinnt uns fast unter den Händen, wenn wir der Sache näher treten.

Erinnern wir uns daran, daß das Römische Recht nicht in einer beglaubigten Urkunde, sondern in einer großen Zahl ungleicher Handschriften nach Deutschland kam und auf dieser schwankenden Grundlage durch den Druck verbreitet wurde. An diesem Texte durfte und mußte die wissenschaftliche Kritik ihre Arbeit üben und sie hat es mit so ausgiebigem Erfolge gethan, daß der Quellen=Canon am Schlusse des 16. Jahrhunderts eine wesentlich andere Gestalt zeigte, als im Anfange desselben. Wenn aber der Wortlaut eines Gesetzes durch die Wissenschaft erst festgestellt werden muß, so folgt, daß von ihrem Urtheile abhängt, was Rechtens sei.

Und weiter. Das Verständniß des Corpus juris setzt ein gewisses Maaß gelehrter Bildung voraus. Die Eigenthümlichkeit desselben, daß es eine nur äußerlich gegliederte, innerlich durchaus nicht systematisch geordnete Masse darstellt; daß es im Alterthum entstanden, also aus diesem zu deuten, und dennoch in der Gegenwart zu gelten bestimmt ist, deren Lebensverhältnisse von jenem wesentlich abweichen — sie stellt seiner Anwendung Schwierigkeiten in den Weg, welche nur wissenschaftliche Arbeit überwinden kann. Die Philologie, die Alterthumskunde ist uns Gehülfin und Lehrerin, um seinen Gehalt historisch zu erfassen. Allein sie bildet keinen Juristen. Hinzukommen muß die juristische Analyse der einzelnen Sätze nach ihren factischen Voraussetzungen und rechtlichen Dispositionen; die logische Synthese, die Abstraction der Prinzipien, die Construction der Begriffe, die Deduction der Consequenzen, die Verbindung der Einzelheiten zu einem systematischen Ganzen. Dann erst ist das juristische Verständniß, dann erst die Herrschaft über den Stoff gewonnen, welche zur Anwendung befähigt. Und zu dem Allen tritt endlich die Frage, was denn von all' den im Corpus juris enthaltenen Bestimmungen in Deutschland wirklich zur Anwendung kommen kann? Denn selbst der leidenschaftliche Verehrer des Römischen Rechts, selbst der eifrigste Vertreter des Satzes, daß es als Ganzes, wie man sagt: „in complexu", rezipirt sei, hat sich nie der Täuschung hingeben können, daß es ohne Weiteres in allen seinen Einzelheiten die Lebensverhältnisse Deutschlands beherrschen dürfe oder zu beherrschen vermöge. Wo aber ist die Grenze seiner Anwendbarkeit zu finden, welche niemals durch einen gesetzlichen Ausspruch gezogen wurde?

Wenn nun die Wissenschaft es ist, welche den Wortlaut des Gesetzes feststellt, aus verworrenen Einzelheiten ein systematisches Ganze construirt und dieses als den Inhalt des Gesetzes zur Darstellung bringt, endlich die Grenzen seiner Anwendbarkeit bestimmt — so macht sie sich in der That zur Herrin des Rechtszustandes. Und man darf es geradezu aussprechen: gemeines Recht in Deutschland ist drei Jahrhunderte lang dasjenige gewesen, was die Jurisprudenz als solches lehrte.

Die Wissenschaft indeß befindet sich in stäter Bewegung; erneuerte, fortschreitende Prüfung ist ihr Leben; ihr Stoff, ihre Resultate sind in ewigem Flusse und schwankend im Streite der Meinungen — und so auch das Recht, welches sie lehrt. Es fehlt an einem äußeren Kriterium der Gewißheit und daher kann denn dies gemeine Recht ebenfalls ein jus incertum gescholten werden.

Allein ist denn das, was die Wissenschaft construirt und lehrt, wirklich schon geltendes Recht? So wenig sie sich durch äußere Autorität beherrschen läßt, ebensowenig kommt ihren Ergebnissen äußerlich zwingende Kraft zu; und nur soweit wird sie die Lebensverhältnisse beherrschen, als sie die Ueberzeugung zu bestimmen vermag. Nur dadurch gewinnen ihre Resultate die Bedeutung von Rechtssätzen, daß sie den Richter lehrt und überzeugt, und er ihren Sätzen seine Macht leiht. Recht ist hier, was der gelehrte Richter, aus dem Schatze der Wissenschaft schöpfend, als seine Ueberzeugung bindend ausspricht. Und somit fungirt er im Grunde nicht anders als der Schöffe, nur daß dieser seine Ueberzeugung mehr instinctiv, jener sie durch wissenschaftliche Reflexion gewinnt. Allein auch der Schöffe ließ die Rechtsaufzeichnungen nicht unbeachtet: aus Rechtsbüchern, Weisthümern, Urtheilsbüchern schöpfte er Belehrung, um sich ein Urtheil zu bilden. Man war es in Deutschland gewohnt, durch zwingendes Gesetz in der Rechtssprechung nicht gebunden zu sein, sondern sich das geschriebene Wort nur zur Lehre und zum Motiv der Entscheidung dienen zu lassen. Und eben weil der gelehrte Richter in ganz ähnlicher Weise fungirte, konnte sich die Einbürgerung des Römischen Rechts ohne Dazwischenkunft der gesetzgebenden Gewalt vollziehen, deren Ausspruch unentbehrlich gewesen wäre, wenn es sich um die Abschaffung und Einführung bindender Gesetze gehandelt hätte. Wie die Dinge lagen geschah zunächst nichts Anderes, als daß das Motiv der Entscheidung ein anderes wurde, daß sich die gelehrte Ueberzeugung an die Stelle der populären einschob. Und selbst zwischen diesen beiden Extremen fand eine wirksame Vermittlung dadurch statt, daß seit dem 15. Jahrhundert eine Literatur sich verbreitete, welche den Bestand der gelehrten Jurisprudenz in populärer und freilich auch entstellter Gestalt zugänglich machte.

Aber auch die freie Subjectivität des Schöffenthums, in dessen Stelle er langsam und schrittweise einrückte, hat der gelehrte Richterstand auf dem schwankenden Boden des gemeinen Rechts sich in hohem Grade vorbehalten können und müssen. Denn unabhängig steht er gegenüber der Theorie, die den Stoff des gemeinen Rechts bewahrt, wenn es ihm auch bequem und angemessen erscheinen mag, der communis doctorum opinio zu folgen, soweit eine solche zu erkennen ist; oder sein Wissen aus einem angesehenen Compendium zu schöpfen, wie es der Schöffe aus dem Sachsenspiegel that. Unabhängiger noch ist er in der Bestimmung der Anwendungsgrenzen für das Römische Recht. Denn niemals hat die Theorie es vermocht die verschlungene Linie genau zu

bezeichnen, welche sich zwischen den Geltungsgebieten des
einheimischen und des fremden Rechts hindurchzieht. Wenn
sie das Dogma aufstellt, daß letzteres in complexu rezipirt
sei, so geschieht es doch nur mit dem Vorbehalte der utilitas,
der Brauchbarkeit, und der derogirenden Kraft deutscher
Gewohnheit. Brauchbarkeit aber und Gewohnheit sind nur
aus dem wirklichen Leben zu erkennen, mit welchem der
Richter in unmittelbarer Berührung steht. Seine Aufgabe
ist es daher die Sichtung und Grenzscheidung zu vollziehen:
und in seiner Hand liegt es durch Ablehnung Römischer
Prinzipien, sowie durch Umdeutung einzelner Bestimmungen
den ihm aus dem Leben entgegentretenden Anschauungen
und Bedürfnissen gerecht zu werden. Nur durch diese ver=
mittelnde Thätigkeit ist die Einbürgerung des Corpus juris mög=
lich und erträglich geworden. Aber es hat sich auch auf diesem
Wege durch die Macht des Richteramts das geltende Recht
im Laufe der Zeit zu einer unübersehbaren Mannigfaltigkeit
entwickelt. Und wie sich die Geschichte der Reception des
Römischen Rechts bei genauerem Eingehen in bunte Spezial=
Geschichten der einzelnen Gerichtssprengel auflöst, so ist es
den Vertretern der Wissenschaft, je mehr sie im Laufe der
Zeit von der Theilnahme an der Rechtspflege und unmittel=
barer Einwirkung auf diese ausgeschlossen sind, desto mehr eine
fast unlösbare Aufgabe geworden, das gemeine Recht in der
praktisch gültigen Gestalt zu lehren und darzustellen. —

Wir haben eine Reihe von Erscheinungen an uns vor=
übergehen lassen, in denen das Werden des Rechts seinen
Ausgang nimmt oder getragen wird von der Macht. Von
ihnen allen aber läßt sich sagen, daß die hier thätige Gewalt
eine solche ist, welche selbst wieder auf einer rechtlichen
Grundlage ruht. Die Autorität und Gewalt des Prätors,

des Richters, der Gesetzgebung — sie alle sind gegeben durch den bestehenden Staat.

Aber das Problem ist damit nicht gelöst, sondern nur um einen Schritt weiter hinausgeschoben: denn es stellt sich die Frage, woher nun der Staat selber sein Recht herleitet, wie die höchste Ordnung, die wir Staat nennen, zum Recht werde?

Schwer möchte es sein, mit kurzen Worten eine Antwort zu geben und ich will es nicht unternehmen, hier eine der verschiedenen Theorien über die Entstehung des Staats zu vertreten. In der That fällt die Frage mit der andern, nach der ersten Entstehung alles Rechts, zusammen — und Beides entzieht sich unserer geschichtlichen Beobachtung.

Einen völlig staat- und rechtlosen Zustand kennen wir nicht; mit den ersten Grundlagen und Anfängen des Rechts tritt, wie ich schon sagte, jedes Volk in die Geschichte ein; beobachten können wir nur die Umgestaltung und Fortentwicklung.

Doch aber wiederholen sich im Völkerleben Perioden, die der ursprünglichen Rechtlosigkeit verglichen werden können; Momente, in denen ein überlieferter Rechtszustand und seine Grundlage, der Staat, jäh zusammenbricht; Zustände, in denen nur die elementaren Kräfte, wie das stürmende Meer, vom Gesetze entbunden zu walten scheinen. Wird jener vorgeschichtliche Urzustand der Rechtlosigkeit als „bellum omnium contra omnes" gedacht, so zeigen uns Staatsumwälzungen und Krieg dieses Bild in der Wirklichkeit. Denn nichts Anderes sind ja diese Zustände, als die Aufhebung, die Negation des Rechts unter oder in den Staaten.

Allein auf den Trümmern des zusammengestürzten Rechts baut ein neues sich auf. Und die Macht ist es, die es ge=

ſtaltet. Nicht bloß auf dem Wege einer mehr oder minder erzwungenen Vereinbarung, durch Friedensſchluß, wird es begründet; ſondern je nach den Erfolgen des Siegers kann und darf er es willführlich ſetzen. Mag unſer Rechtsgefühl ſich empören, wenn wir den Schwachen durch die Gewalt des Stärkeren unterdrückt ſehen, mag es ſich dagegen ſträuben, daß im öffentlichen Leben ein anderer Grundſatz gelten ſoll: unentwegt geht durch die Geſchichte das Geſetz, daß wo ein Staat gegen den andern ſein ganzes Daſein im blutigen Kampfe eingeſetzt hat, dem Sieger als Preis die Beſtimmung der Zukunft gebühre. — Fragen wir nach dem Urſprunge der uns umgebenden Verhältniſſe, welche wir als ſtaats= und völkerrechtlich wohlbegründete anerkennen, ſo ſagt uns ſchon das eigene Erlebniß, daß ſie zum guten Theile auf nichts Anderes, als auf die Macht des Siegers zurückzuführen ſind, wenn auch die Verhandlung, Congreß und Friedensſchluß ſich mildernd dazwiſchen geſchoben haben. Die Macht des Siegers iſt es, welche das Recht ſchafft und beſtimmt: und nur in der Anerkennung dieſes Grundſatzes findet der Krieg ſein Ende und führt zum Frieden zurück. In dieſer Be= trachtung aber liegt auch die Verſöhnung unſeres Rechts= gefühls mit dem harten Geſetz der Geſchichte.

Im Weſentlichen nicht anders müſſen wir urtheilen, wenn wir tiefgehende Kriſen im Staatsleben, Umwälzungen und Erſchütterungen des öffentlichen Rechtszuſtandes, durch Gewaltthat mächtiger Perſönlichkeiten geſchloſſen ſehen. Recht= los iſt die That, wie die Gewalt, mit der ſie vollführt wird. Aber wo ſind denn Diejenigen, welche nach bisherigem Rechte befugt und berufen waren Macht zu üben? Zuſammenge= brochen, verſchwunden mit dem Rechtszuſtande ſelbſt, haben ſie ein Vacuum zurückgelaſſen, einen Zuſtand der Auflöſung

unb Rechtlofigkeit, der das Volksleben in seinem Kerne be=
broht. Wo kein Recht mehr gilt, da ist die Macht berufen
neues zu setzen, gleich wie die That des Zugriffs das Recht
des Eigenthums schafft, wo bisher keines bestand.

Denn der Ordnungstrieb in der menschlichen Natur
erträgt einen Zustand nicht, in welchem die Grundpfeiler
der Gesellschaft wanken. Er heißt die Macht willkommen,
der es gelingt sie wieder aufzurichten; in der durch sie ge=
schaffenen Ordnung empfängt er seine Befriedigung und
indem die Gesellschaft sich ihr fügt, erkennt sie dieselbe an,
als das geltende Recht. Denn höher als das Verlangen
und die Ueberzeugung, daß das Recht einen bestimmten In=
halt haben müsse, daß Dies oder Jenes Rechtens sei, steht
das Verlangen und die Ueberzeugung, daß überhaupt ein
Recht sein und herrschen müsse: und das Vacuum kann
allein die mächtige That ausfüllen. —

Muß ich nach diesen Erörterungen nicht erwarten, ein
blinder Verehrer des Erfolgs zu heißen, ein Anhänger der
Lehre, daß Macht vor Recht gehe?

Vielleicht gelingt die Verständigung, wenn wir, die be=
liebten Schlagwörter bei Seite legend, uns das Wesen der
Macht genauer betrachten.

Man ist nur zu geneigt und hat sich daran gewöhnt,
die Macht mit der blinden Kraft und rohen Gewalt zu
verwechseln, und sie den sittlichen Begriffen fremd, ja feind=
lich gegenüber zu stellen. Allein nicht der muskelstarke Arm,
nicht der treibende Dampf ist mächtig, sondern der Wille,
dem sie gehorchen. Macht ist die Herrschaft des Willens
über die Kraft; sie constituirt sich vor Allem aus der Ver=
einigung verschiedener Kräfte unter einen Willen. Indem
wir aber den Willen in ihren Begriff aufnehmen, gewinnen

wir das Moment, durch welches sie der sittlichen Welt an=
gehört. Wir können von guten und bösen Mächten reden,
je nachdem der Wille, der die Kräfte beherrscht, von dem
einen oder dem anderen Prinzipe bestimmt wird. — Und
nicht minder ist die Macht in das Gebiet der ethischen
Welt gesetzt durch die Elemente, aus denen sie sich zusam=
menfügt. Denn geistige Medien sind es, welche die Kräfte
dem Willen dienstbar machen, sie zusammenfassend ihm unter=
werfen, um sie auf ein bestimmtes Ziel hinwirken zu lassen.
Wie in dem Zwecke, so findet auch in der Begründung der
Macht der Gegensatz von Gut und Böse seinen Raum.

Wenn wir die Macht in diesem Lichte betrachten, so
werden wir begreifen, daß sie ihrem Wesen nach mit dem
Recht verwandt ist. Denn auch das Recht ist Willensherr=
schaft, aus dem Willen hervorgegangen und ihn zu beherrschen
bestimmt. Das heilsame Verhältniß zwischen beiden ist das
Bündniß, geschaffen dadurch, daß die Macht die Rechtsnorm
als Bestimmungsgrund ihres Willens aufnimmt: die Macht
wird eine rechtmäßige, das Recht ein mächtiges, geltendes.

Aber durch das Rechtmäßige allein wird der Inhalt
der Idee des Guten nicht erschöpft, und so kann denn auch
die Macht, um gut zu sein, durch andere Momente bestimmt
werden. Auf das Gute gerichtet vermag der in ihr wal=
tende Wille auch das Recht hervorzubringen und unser sitt=
liches Urtheil wird nicht widersprechen, wo wir dieser Er=
scheinung begegnen.

Die Eigenmacht über die Sachen, aus welcher, wie wir
sahen, das Eigenthumsrecht erwachsen kann und erwächst, ist
nur die Verwirklichung des Aneignungswillens, der seine
sittliche Rechtfertigung in der Bestimmung der materiellen
Güter für die Zwecke des Menschen findet. Diesen an sich

sittlichen Willen nimmt der Staat als Recht des Besitzes in seinen Schutz, bis nachgewiesen ist, daß in ihm die Verletzung eines besseren Rechts liegt. Zum Rechte selbst aber wird er definitiv als Eigenthum dann, wenn kein anderes Recht auf die Sache besteht, sei es, daß ein solches niemals vorhanden war, sei es, daß dasselbe im Laufe der Zeit abgestorben und erloschen ist.

Dieselbe Erscheinung, daß die Macht die Lücke ausfüllt, welche das Recht läßt, wiederholt sich bei der Bildung des Rechts im objectiven Sinne.

Unser sittliches Gefühl widerstrebt nicht, wenn wir die Rechtsnormen ihren Ausgang nehmen sehen von der Macht der richterlichen Behörden, obgleich ihr Beruf nicht darin besteht, neues Recht zu setzen, sondern das geltende zu handhaben. Wo aber dieses Lücken zeigt, da erscheint die Schaffung neuen Rechts sittlich gerechtfertigt durch die höhere Auffassung von dem Berufe der Obrigkeit, daß sie bestimmt ist Streit zu schlichten und den Frieden zu wahren. Um dieser höheren Güter willen darf und soll sie, hülfreich das Recht ergänzend, die formalen Schranken ihres Mandats überschreiten.

Nur ein kleiner Schritt ist es, der uns von diesen Gedanken zur sittlichen Rechtfertigung der Gewaltthat führt, welche in Zeiten tiefster Erschütterung der öffentlichen Rechtszustände, in Krieg und Staatsumwälzung, eine neue Ordnung begründet. Denn sittlich gut ist schon an sich der Wille, welcher darauf zielt, den leeren Raum auszufüllen, den der, durch menschliche Kraft nicht aufzuhaltende, Zusammenbruch des bisherigen Rechtszustandes hervorgebracht hat; die Macht ist dazu berufen. Und wenn ich früher einmal von dem Zauber sprach, den sie auf das Gemüth ausübt, hier, in seiner beruhigenden Kraft, sehen wir ihn wirksam; hier aber offenbart sich auch sein sittlicher Grund, der in dem tiefen Bedürfnisse der Ordnung liegt. Denn nur wo Macht ist, ist Ordnung; wer diese will muß Befehl und Gehorsam wollen. Ihren Keim ahnen wir, ihre Verwirklichung erkennen wir in dieser Bethätigung der Macht, und in dem hohen sittlichen Werthe dieser That liegt das Fesselnde, liegt das Versöhnende.

Aber freilich ist die Voraussetzung der hier gegebenen Rechtfertigung diese, daß in Wirklichkeit die Lücke besteht, welche die Macht auszufüllen unternimmt.

Selbst die gesetzgebenden Gewalten des Staats trifft ein schwerer Vorwurf, wenn sie zu unreinen Zwecken oder, in doctrinärer Neuerungssucht experimentirend, die Lücke ohne Noth erst reißen, um sie dann durch neue Satzungen auszufüllen. Noch weniger würden wir es dem Richter verzeihen, wenn er da, wo das geltende Recht ihm die Entscheidungsnorm an die Hand giebt, eigenmächtig ein anderes an die Stelle setzen wollte. Und doch scheint der deutsche Richterstand dazu gedrängt worden zu sein durch die Unfähigkeit der Gesetzgebung in zwei Jahrhunderten. Eigenmächtig und frei, hat er, unter Führung der Wissenschaft, ein neues Strafrecht geschaffen, sich losgesagt von dem Strafsysteme der P. G. O. Carls V., dessen Grausamkeit und Rohheit noch bis in unser Jahrhundert hinein formelle Gültigkeit hatte. Trifft den Richterstand ein Vorwurf, weil er das Verbrennen und Ertränken, das Rädern, Lebendigbegraben und Viertheilen, die Verstümmelungen aller Art nicht mehr von Rechtswegen verfügte, als die milderen Sitten der Zeit gegen die Grausamkeit des Gesetzes in unversöhnlichen Widerspruch traten? Nicht bloß durch sittliche Gründe ist ein Verhalten gerechtfertigt, sondern durch die ganze, oben entwickelte Stellung des gemeinrechtlichen Richters, die auf dem Gebiete des Strafrechts in der P. G. O. (Art. 104) ihre Stütze findet. Denn nicht unbedingt bindet sie den Richter an die festgesetzten Strafarten, sondern läßt seinem Ermessen den weitesten Spielraum. Wo jener Conflict sich offenbarte, da war die durch ihn auszufüllende Lücke ge=geben.

In den großen Conflicten des Völkerlebens versagt die richterliche Gewalt und tritt an die politische Macht die Frage heran, ob für sie der Moment gekommen sei, jenen sittlichen Beruf zu üben. Da zeigt nun zunächst das Ver=hältniß der selbstständigen Staaten zu einander, welche sich nicht einer gemeinsamen höheren Autorität unterworfen haben, in gewissem Sinne fortwährend die Lücke des Rechts, welche wir suchen. Denn allen Grundsätzen, nach denen sich ihre Beziehungen regeln, fehlt das für jeden positiven Rechts=satz unentbehrliche Moment, der gegen den Widerstrebenden durch ein anerkanntes Organ vollstreckbaren Erzwingbarkeit. Nur Gründe der allgemeinen Wohlfahrt und·der Sittlichkeit stehen den durch Herkommen und Uebereinkunft im Verkehr der Staaten untereinander sanctionirten Grundsätzen zur Seite, die wir Völkerrecht nennen. Wenn aber zu diesen auch die unabweisliche Maxime gehört, daß kein Staat durch Vereinbarungen oder Satzungen bis zur Vernichtung seines Daseins oder seiner höchsten Aufgaben gebunden sein kann; und wenn es nur der Staat selber ist, welcher darüber ent=scheiden kann, ob diese Gränze überschritten sei, so folgt, daß wir uns hier auf einem Gebiete befinden, wo der Be=griff des positiven Rechts uns im Stiche läßt. Wir stehen hier vor der großen Lücke aller bindenden Rechtssysteme;

wir haben uns auf die höchsten Spitzen des irdischen Da=
seins erhoben und sehen über uns nur den von menschlichen
Satzungen nicht erfüllten, leeren Raum. In den Beziehungen
der Staaten zu einander kann es daher nur die Macht sein,
welche die durch unlösbare Conflicte der höchsten Interessen
gestörte Ordnung wieder herstellt, und als Recht erkennen
wir an, was sie in Erfüllung dieses ihres sittlichen Berufs
verfügt.

Innerhalb des einzelnen Staats bildet die in aner=
kannter Wirksamkeit bestehende Verfassung die Grundlage
des öffentlichen Rechtszustandes und es kann jener Beruf
der Macht nur bei den tiefgehenden Krisen zur Frage
stehen, in denen die schweren Krankheiten des Staatsorga=
nismus zum Ausbruch kommen. Ob sie so tiefgehend sind,
daß der bisherige Rechtszustand in seinen Fundamenten er=
schüttert ist, das bisher geltende Recht seine bindende Kraft
verloren hat, so daß die Lücke vorhanden, in welche die
Macht ergänzend einzutreten hat: das ist eine Frage, welche
in solchen Zeiten das Gewissen des Einzelnen schwer be=
drängt, mag er zu denen gehören, die Gehorsam fordern
oder zu denen die ihn leisten sollen.

Nicht leichten Herzens wird der Gewissenhafte sich für
die Bejahung entscheiden. Am überlieferten Rechte festzu=
halten ist Treue; für das rechtmäßig Entstandene muthig
einzutreten, gebietet die nächste sittliche Pflicht und wir
ehren Den, der sie mit männlicher Kraft erfüllt, der Gewalt
sich entgegenstemmend.

Allein vergessen wir nicht, daß alles geltende Recht ein
Kind der Geschichte ist; ewig ist nur der Satz, daß ein
Recht sei, wechselnd ist seine Gestalt; und nur die allge=
meinsten Züge der höchsten Rechtsgedanken werden sich darin

immer wieder offenbaren. Und wie das Recht, so ist auch jede Macht ein Product der Geschichte, durch complizirte Ursachen im Völkerleben erzeugt. Wie die Rechtsgedanken in der Seele des Volks keimen und wieder ersterben, die Idee des Rechts ihre wechselnde Gestaltung durch seinen schaffenden Geist empfängt, und einen Zweig an dem Baume seines geschichtlichen Daseins bildet, an dem die alten Blätter fallen, wenn er neue treibt; so ist auch von der Macht zu sagen, daß sie in dem geschichtlichen Leben des Volks hervorwächst und wieder abstirbt. Wo beide auf den verschlungenen Wegen ihrer Entwicklung sich begegnen und verbinden, da entsteht und ist da das geltende Recht; wo sie sich von einander scheiden, da verliert die Norm ihre zwingende Kraft und hört auf Recht zu sein, wenn sie auch in der Erinnerung noch fortlebt. Und nicht bloß in geordnetem Gange kann die Macht der Norm sich entziehen, sondern es geschieht auch, daß der Rechtsgedanke zugleich mit der Macht, die ihn stützte, sich überlebt und innerlich morsch vor dem kühnen Stoße haltlos zusammenbricht: das ist der Zustand, in welchem die neu entstehende Macht auch berufen ist sich einem neuen Rechtsgedanken zu vermählen und neues Recht zu setzen.

Mit den Wogen der geschichtlichen Bewegung, welche Recht und Macht emporheben und wieder in die Tiefe versenken, rechten zu wollen, ist kindisch; und nicht Jeder darf sich darum ein Cato dünken, weil ihm die siegreiche Sache nicht gefällt. In Ehrfurcht sollen wir uns den in der Geschichte waltenden göttlichen Gesetzen beugen und sie verstehen lernen. Denn sittliche Ordnungen walten selbst über den wildesten Stürmen des Aufruhrs und des Kriegs. Im Siege treten die Wirkungen unendlich complizirter sittlicher

Urſachen zu Tage. Ihr Ergebniß iſt die Macht, die das Recht der Gegenwart beſtimmt.

Immer und überall iſt es der mächtige Wille, welcher das Recht ſetzt, mag der Rechtsgedanke ſpontan in dem überlegenen Theile des Volks, oder mag er durch Reflexion bei Denen entſtanden ſein, in deren Hand die geſetzgebende und richterliche Gewalt ſich befindet.

Ob wir dem mächtigen Willen Gehorſam ſchulden, ſein Gebot als Recht anzuerkennen haben, das wird ſich zunächſt danach entſcheiden, ob nach der beſtehenden Rechtsordnung jenem Willen die Befugniß gebührt, Zwang auszuüben. Es iſt alſo zunächſt ſelbſt wieder eine Frage des poſitiven Rechts. Allein wo dieſes uns im Stiche läßt, da, wo die grundlegende Ordnung ſelbſt ins Wanken gerathen und unhaltbar ge= worden, da tritt das Gewiſſen an ſeine Stelle. Jene Frage iſt keine juriſtiſche mehr, ſondern eine ethiſche und die Ent= ſcheidung kann nicht mehr poſitiven Satzungen, ſondern nur den höchſten ſittlichen Prinzipien entnommen werden. Hier findet ſeine Anwendung das apoſtoliſche Wort: „Jedermann ſei unterthan der Obrigkeit die Gewalt über ihn hat“; und wenn es hinzufügt „denn es iſt keine Obrigkeit, ohne von Gott“, ſo iſt damit nur die geſchichtliche Bildung der Macht in das religiöſe Bewußtſein erhoben, indem ſie als göttliche Fügung angeſchaut wird. —

Der mächtige Wille aber fühlt auch in ſich den Beruf und den Trieb Recht zu ſetzen.

Daher die merkwürdige Erſcheinung, daß ſich die großen, epochemachenden Bildungen des Rechts überall im Anſchluß an die höchſte Machtentwicklung vollzogen haben.

Auf dem Wege zur Weltherrſchaft geſtaltete die Römiſche Nation das Recht, welches in den Zeiten der höchſten Blüthe ihrer Macht zu solcher Vollendung und Fülle gelangte, daß wir noch heute an seinen, in Justinians Compilation gesammelten Resten zehren. In der fränkischen Monarchie sehen wir Karl d. Gr. auf der Höhe seiner abendländischen Herrschaft mit dem Plane umfassender Codification und Gesetzgebung beschäftigt, die, wenn sie auch nicht zum Abschlusse gelangten, doch bleibende Spuren hinterlassen haben. Die Periode der höchsten Macht der Kirche hat in den großen Rechtsbüchern, deren Gesammtheit wir das Corpus juris canonici nennen, sich für die Geschichte des Rechts ein großartiges Denkmal gestiftet.

Vergebens forderten im 16. Jahrhundert hervorragende Juristen von Kaiser und Kurfürsten, durch umfassende Gesetzgebung dem verworrenen Rechtszustande ein Ende zu machen. Nur auf dem Gebiete des Strafrechts und des Prozesses sind einige Ergebnisse dieses Verlangens zu bemerken. In größerem Umfange war ein Erfolg unmöglich: denn wie sich die staatliche Macht immer mehr von dem Centrum des Reichs ablöste und in den Territorialherren consolidirte, so folgte auch die Rechtsbildung dieser centrifugalen Bewegung. Die feste Begründung der Macht des preußischen Staats unter seinem großen Könige ist zugleich die Epoche, in der sein Landrecht erwuchs. Und Frankreichs mächtigste Periode bezeichnet die große Gesetzgebung, welche sein starker Arm in das unterworfene Deutschland getragen hat.

Die Ohnmacht des deutschen Reichs spiegelt sich in seinem Rechte. Das gemeine Recht ist schwankend und nach dem Umfange seiner Gültigkeit undefinirbar, wie die kaiserliche Gewalt, von der es den Anspruch auf bindende Kraft entlehnt. Wenn in unserm Jahrhundert nach der Befreiung vom fremden Joche die Herstellung eines einheitlichen Rechts

für Deutschland von warmen Vaterlandsfreunden laut aber
vergebens gefordert wurde, so lag der Grund der Erfolg=
losigkeit nicht so sehr in dem von Savigny damals geltend
gemachten Mangel an Beruf zur Gesetzgebung, welcher das
Unternehmen nicht gelingen, als vielmehr an der Ohnmacht,
die es zu dem Unternehmen gar nicht kommen ließ. Zwei
Menschenalter hindurch hat seitdem die Sehnsucht nach Ein=
heit unsere Nation bewegt — und kaum war sie erfüllt und
die Macht begründet, als auch sofort die umfassendste Ge=
setzgebung begann und eine durchgreifende Codification des
gesammten Rechts unter die ersten nationalen Ziele des neuen
politischen Lebens aufgenommen wurde.

Wie erklären wir uns diese Erscheinungen? Nicht, wie
ich glaube, aus einer mit der Machtentwicklung verbundenen
Steigerung der Intelligenz oder der sittlichen Potenz des
Rechtsgefühls; denn Beides ist nicht mit Sicherheit als ein
unbedingter Vorzug solcher Perioden zu behaupten. Der
Grund liegt vielmehr darin, daß Macht und Recht sich in
Wahlverwandtschaft gegenseitig anziehen. Die Macht strebt
nicht nur dahin, die Weihe des Rechts zu empfangen, sondern
der sittlichen Natur des Willens gemäß dahin, feste Ordnung
zu schaffen in dem Gebiete, das sie beherrscht. Und anderer=
seits liegt in den Rechtsgedanken, welche eine Zeit erfüllen,
der natürliche Trieb zur Macht, um Geltung zu erlangen.
Je näher und sicherer die Aussicht auf Befriedigung, desto
reicher und stärker drängen sie sich hervor und in der Ver=
schwisterung mit der Macht kann sich der Ordnungstrieb ein
volles Genüge thun.

Von den Gefahren, die in solchen Zeiten liegen, in denen
die Attractionskraft zwischen Macht und Recht fast mit elemen=
tarer Gewalt zu wirken scheint und eine Ueberreizung des

Ordnungstriebes, eine Ueberproduction der Gesetzgebung zu erzeugen droht, lassen Sie mich schweigen. —

Soll ich endlich noch aussprechen, daß das Recht selber Macht ist und Macht giebt? Wir Alle wissen es, daß wir in dem Kreise unseres Rechts mächtig sind. In unserm Eigenthum sind wir Herren, beherrschen wir die Güter dieser Erde. In dem Rechte des Vertrags beherrschen wir den Willen unseres Schuldners. In den Familienrechten, in den politischen Rechten, überall, wo ein Recht uns zu Theil wird, da erfährt unsere Macht einen Zuwachs, der darin seinen Grund hat, daß der Staat durch seinen Schutz unserm recht=mäßigen Willen die Kraft zur Herrschaft verleiht.

Aber die schützende Gewalt des Staats ist es nicht allein, welche das Recht zur Macht erhebt. Denn neben dieser sichtbaren Gewalt steht schirmend die unsichtbare Kraft des Gewissens, geht die heilige Scheu vor dem Unrecht als Stimme des göttlichen Willens leitend und bändigend durch das menschliche Gemeinleben hindurch. Und wenn ich wieder=holt betont habe, daß die äußerlich zwingende Kraft zum Wesen des Rechts gehöre, so sollte damit seine Stellung in der sittlichen Weltordnung nicht erschöpfend bezeichnet sein. In dieser steht der Gehorsam gegen das Recht da als sitt=liche Pflicht, als ein göttliches Gebot und die Macht des Gewissens umgiebt es mit einem höheren und heiligeren Schutze, als die Staatsgewalt zu gewähren vermag.

Wohl dem Volke, in dem das Recht durch Beides mächtig ist! Das unsrige darf sich stolz der auf dem Grunde alt=preußischer Ueberlieferungen erworbenen Staatskraft rühmen. Möge ihm denn auch die Macht des Gewissens unverloren bleiben! Verhehlen wir uns nicht die Gefahr, daß seine Stimme von dem Getöse des Kampfs und des rastlosen

Strebens nach Gewinn und Erfolg übertönt, daß sein ein=
fältig sicheres Urtheil beirrt werde durch verwerfliche Doc=
trinen, die der Begehrlichkeit schmeicheln oder die Einfalt
berücken.

Aber in den Gefahren der Zeit blicken wir mit Zu=
versicht auf die Weisheit des erhabenen Herrn, zu dessen
Feier wir hier versammelt sind. Und wie von Ihm als dem
ruhmreichen Begründer deutscher Macht meine Rede ihren
Ausgang nahm, so kehrt sie zurück zu Ihm als des deutschen
Gewissens ehrwürdiges Vorbild. Gott erhalte Ihn uns
und lasse Ihn noch lange in dem Glücke und der begeisterten
Liebe seines dankbaren Volks den Lohn genießen, nach dem
sein edles Herz allein begehrt! Heil unserm Kaiser!

Universitäts=Buchdruckerei von Carl Georgi in Bonn.